카스토르와 폴룩스

시작시인선 0475 카스토르와 폴룩스

1판 1쇄 펴낸날 2023년 6월 23일
지은이 이혜숙
펴낸이 이재무
기획위원 김춘식, 유성호, 이형권, 임지연, 홍용희
책임편집 박예솔
편집디자인 민성돈, 김지웅, 정영아
펴낸곳 (주)천년의시작
등록번호 제301-2012-033호
등록일자 2006년 1월 10일
주소 (03132) 서울시 종로구 삼일대로32길 36 운현신화타워 502호
전화 02-723-8668
팩스 02-723-8630
블로그 blog.naver.com/poemsijak
이메일 poemsijak@hanmail.net

ⓒ이혜숙, 2023, printed in Seoul, Korea

ISBN 978-89-6021-719-5 04810
　　　 978-89-6021-069-1 04810(세트)

값 11,000원

*본 도서는 화성시, 화성시문화재단의 '2023 화성예술활동지원' 사업으로 출판되었습
　니다.

카스토르와 폴룩스

이혜숙

천년의 시작

손가락이 밀어내는 터치,
손등도 손바닥도 삶의 건반 위에서
오르락내리락 미끌거렸다.

유폐된 시간들,
손가락 사이로 흐르는 음을 짚느라
봄은 다 가겠다.

차 례

시인의 말

제1부 물고기에게 날개를 달아 줘야지

제2부 계단 속의 계단에는 날개가 접혀 있다

제1부 물고기에게 날개를 달아 줘야지

바다 초대장

해수면은 유빙처럼 삶의 조각들 떠다니고
초대하지 않은 초대장을 거머쥐고
눈 속의 바다를 바라본다

햇빛 쏟아지는
건반 위를 표류하듯
맨발의 물고기는
어망에 낀 햇살을 쪼아 먹는다

풍랑을 몰고 온 뱃길을 지우고 발목은
지우개처럼 닳아 간다

망망대해를 떠돌다 헤엄쳐 왔을 물고기는
나고 자란 곳도 귀소해야 할 곳도
깊은 물속이라는 것을 알고 있을까

햇살과 잇닿아 쑥덩쑥덩 자라는 물고기에게
날개를 달아 줘야지

부활을 꿈꾸는 새는

언젠가는 다른 바위에 앉았다가 사라지고
사라졌다가 앉을 것이다

잊힌 이름들
모서리가 깎이면 깎이는 대로
물거품으로 부서지는 생을 앓는다

생生은 뜻밖의 초대장을 받을 때도 있다

루게릭

눈으로 글을 쓴다
눈으로 모니터 속에 그림을 그린다
눈을 깜빡이자 나뭇가지에 비가 내린다
나뭇가지에 걸린 달이 창을 들여다본다
동공에 세상이 만들어진다
마른 사내가 기침을 한다
속눈썹을 접었다 펴는 동안
어둠이 얇아진다
눈꺼풀은 무겁게 열리고
입술을 달싹거릴 때마다 깜박인다
점 하나 사라질 때
지평선의 이마를 짚는 눈망울엔
핏빛이 서린다
벽을 오르는 일은
돌에 발자국을 새기는 일이지만
몸은 천천히 굳어 가고
모니터에 갇힌 눈동자에는 의지만 남는다

구족화가

입에 숟가락을 물고 입으로 밥을 떠 넣는다
발에 붓을 끼고 구름 위를 걷는다
두 발 달린 이젤엔 의족 하나가 걸어 다니고
회화나무 위에는 말라빠진 식빵 조각이 부스러진다
습기 찬 반지하 창문으로 의족들이 지나가고
눈꽃으로 피어난 나무에 시린 등뼈가 자란다

환기통

병실 안으로 찾아든 어둠은
내 동공을 파고든다
천천히 조리개가 열리면서 빛은 실핏줄처럼 누워 있다
비어 있는 동공 안에 들어온 형체가 흐물거린다
암모니아 끓는 냄새가 내장을 타고 내려와
손끝에서 뚝뚝 고름으로 떨어진다
투박한 손가락 끝에 맺힌 소리 링거 줄로 매단다
부어오른 몸이 관처럼 딱딱하다
수백 볼트 전류가 머리에서 발끝까지 흐르는 순간,
뼈는 녹아내리고
온몸을 칭칭 감아 놓은 붕대 사이로
뼈 물이 묻어난다
차라리 견디지 말아요!
눈물의 항생제가 링거 줄을 타고
뼛속으로 들어가는 순간,
빛은 열렸다 닫힌다
어둠 속에서 그의 형체가 더 크게 보인다
눈을 뜨는 순간, 환기통 속으로 사라지는 연기
동공이 닫힌다

마석에는

너의 묘비에 새겨진
옥중시를 읽다가
짓밟힌 유골함을 본다
모래 같은 몸을
가족과 친구들의 흑갈빛 오열을
차마 만질 수는 없다

목소리를 묻고 있던 시간들이 깨어나듯
흙덩이처럼 형체가 드러났다
어둡고 긴 시간을 파헤쳐 달라고
몸은 세월만큼 슬프지만
그리운 친구들이 찾아와
소주 한잔 걸쳐 주니 고맙고
〈동지가〉를 힘차게 불러 주니 외롭지 않다고
흐느끼는 소리를 듣는다

보광사에 비가 퍼붓던 8월
너를 아버지 곁으로 보내던 날

진흙 길에 미끄러지지 말라는

너의 당부처럼

길을 밝혀 주는 우리들의 태순아

아직도 스물일곱 청춘은 살아
한 몸 바친 빛을

뜨거운 손바닥에 새긴다

풀꽃

꽃을 파는 꽃 사랑이란
손 바쁨에서 시작되지
아트지에 새길 붉은 꽃을 꺾으며
매일 외줄 넝쿨 앞을 서성거렸어
한줄기 빛을 따라 뿌리 내린 잎은
힘껏 담벼락을 끌어안았지
바닥까지 만져지는 글자들
빗물과 햇빛을 먹고 자란 잎이 번지는 속도란
흙에서부터 오는 거

사월과 유월 사이
재배한 꽃을 꺾어 제를 지냈어
가묘假墓 앞에서
죽은 엄마를 부르고
사산한 아기를 부르고
따끈한 표지를 태우고
추모곡을 부르지

꽃잎이 눈물처럼 떨어져
흰 꽃은 꽃답게 잎은 잎답게 노래할 수 있을까

>

꺾이지 않으려는 발바닥에 심장이 뛰는

어쩌면 우린 전생에 사랑하는 사이였는지 몰라

마스크 풍경

벙커에는 최후의 만찬이 차려지고 숲은 고딕체로 흔들린다
철길은 낯선 거리를 절룩이며 흘러내리고
살점들은 뿔 달린 사각형으로 말한다
사람들은 짧아진 목을 구겨 넣고 고개를 숙인다

압박붕대, 목발, 부러진 활대, 왼팔, 흰 운동화, 서랍,
부랑자

손가락은 길어지고 다리는 짧아진다
마른 풀이 서걱이고 시린 초록 별들이 벌목당한 철길 위
를 달린다

당신이 잃어버린 건 네모난 창문
모조품을 재단하여 입혀 드리죠
드릴로 돌무덤을 파세요
깊을수록 발굴되지 않는 어둠 한 장 찍어 드리죠
날마다 들여다보던 X-레이를 화석처럼 남기고 싶어요
허파와 심장은 살아 있어 다행이네요
동그랗게 말고 있던 몸의 더듬이를 펴세요

>

흘러내리는 시계는 어디든 걸터앉아 있다
살점들은 뿔 달린 사각형으로 말한다
숲은 깊어지고 구름은 짧아진다

페르소나

조금 비틀어진 얼굴을 얹는다
무심히 견디는 보이는 것들
눈 속에 가두며
턱을 괴고 바라본다
받치고 있는 것들
청동 가면의 물결로 흔들린다
숨 쉬는 것들의 무게를
머리에 이면
벌 떼처럼 달려드는 얼굴들
서로 비튼다고 헐렁해지지 않아
빛의 각도에
뜨겁거나 찬 그림자가 다를 뿐
얼굴을 맞대면 사람 냄새가 나잖아
층층 계단의 거리를
심장의 무게를 내려놓은
얼굴들이다

바람 인형

짱뚱어처럼 푸닥거리며 휘청휘청 휘어지며 순천만 개펄
속으로 오그라지며
　지는 노을 검붉게 파닥거리며 오지 않는 두루미를 팔딱
팔딱 기다리며

　목숨 달랑거리다가 옆구리를 찌르다가 바들바들 떨다가
툭툭 터지다가
　미끌어지다가 시간을 폈다 오므렸다가 눈만 끔벅이다가,
빠삐용

　바람보다 먼저 발목이 접히고 영상 녹음은 1번, 도청 장
치는 무죄, 먼
　수평선을 향해 손사래 치는 혀 짧은 목소리, 투명한 에필
로그, 짱뚱어처럼

넝쿨손

밋밋한 담장을 휘감아 오르는 중이다 살을 벗겨 내야 숨소리를 들을 수 있는 당신, 껍질 갈라진 거북 등이 되어 버렸다 벽 앞에 세워진 악보의 귀퉁이를 갉작갉작 파먹고 있는 비틀어진 음 위로 이슬방울 떨어진다 뼛속에 쇠붙이 하나 심어 놓은 당신은 닳아 버린 뼈 밀어내도

뚫고 오르는 생을 읽는다 마른 잎 파닥이며 떨어지는 통증을 말하지 않는 당신, 아침이면 매끄러운 유영을 꿈꾸기도 한다 때론 팅겨 나가는 잎을 잡아당기는 힘은 몸속에 박힌 쇠뼈 때문일까 땡볕 쏟아져도 얼굴을 가리고 손바닥 찍기를 한다

출렁이는 바다와 하늘 사이 솟은 손바닥처럼

목구멍을 뚫고 바닥을 치며 견딘다 벗겨지고 문드러진 지문에도 실뿌리 엉킨 수풀을 헤치며 어둠 속을 걸어간다 오랜 시간을 공글리고 있던 손을 펴면 잎맥과 잎맥 사이에 물이 흐른다

작은 새들 날개 펴고 있으니,

옭아매던 손가락을 펴고 탱탱한 체관이 되셔요

겨드랑이에서 날개 펴듯 살아 오르는 거예요

살아 있다는 건,
햇빛을 볼 수 있다는 거잖아요

가을 잎과 흰 발자국 사이의 간격, 또는 한 뼘의 칩거, 길
게 누운 어둠을 밀어내고 바람 부는 쪽으로 손바닥을 편다
지금, 가볍게 흔들리고 무겁게 뿌리 내렸을 줄기 쪽으로 철
새는 이동 중이다

광합성

땅에 닿을 듯
하늘을 향해 걷던 여인의 손을
휘감는 넝쿨

네 발이거나 한 손이거나 휜 허리거나
빛을 좇고 있었다

해를 삼킨 물빛이
팔다리가 되어
초록의 힘으로 힘껏 기어오른다

담벼락 사이로 꿈틀거리는 흰 울음

줄기를 타고 오르던 손가락은 잎이 되고
발가락은 꽃이 된다는 것을
아버지 무덤에 가서야 알았다

커피 잔에 뜬 달

동쪽에 걸어 놓은 눈먼 달이 서쪽으로 기울면
지구 한 바퀴 돌아온 달의 뼈 사이로 실핏줄 하나씩 터진다
아버지는 사각모를 쓰고
쿨룩거렸지
마른 꽃이 필 때
그렁그렁한 찬물을 떠야지
꽃물 들인 컴컴한 소리를 삼켜야지
달이 뜰 땐,
그림자의 살점이라도 떼어
손 안에 달빛이나 가득 채워야지
하얀 보자기를 풀고 달이 걸어 나온다
소맷자락에서 하얀 모래가 와르르 쏟아지던 날
곰삭은 달의 등뼈, 여러 갈래의 길을 묶던 몸이
천 개의 실 빛으로 휘날렸다
흰 꽃잎 비명을 뿌리고
부푼 살들의 보자기를 묶는다
허공 속 비벼 대던 차가운 손,
잡풀 무성한 봉분 위 바람의 꽁지를 잡아당겼다면
빗금 친 손금 따라
새 울음 어디로 사라진 걸까

오롯한 고리 잡고

달을 비운다

눈꽃 발자국

잘린 가지 위로 눈이 쌓이고
검은 안경에 눈꽃이 피었다

백야의 숲길은 흰 잎의 무덤이다
겨울빛에 반사되어
동공을 뚫고 눈 뜰 수 없는
눈이 내린다

언젠가 가 보았던 숲길에서
아이들의 눈, 빛을 모아 불꽃을 피웠다

떨어진 잎들 구름길을 따라 피어오르면
나뭇잎과 한 뼘의 발자국 사이에
뿌리 닿는 쪽으로
발돋움했을 것이다

눈을 먹고 빛을 먹고
어둠을 밀어낸
눈 덮인 발자국 위의 하얀 깃털

>
포개지지 않는
엇갈린 길의 발자국을 따라
기운 해는 붉은 입김을 쏟아 낸다

흉가

흙담의 아랫도리를 휘감는 넝쿨,
한때는 어머니의 유두에서 가랑가랑 냇물 소리 흐르고
일 바지 대못에 걸려 망초꽃 피우던 폐가에 들어서면
울울창창하던 아버지의 노랫소리 간곳없고
꽃물 든 문풍지며 잔솔가지 활활 타던 아궁이는
거미줄의 내력 같아서, 눈에 화석이 박힌다
아이들이 빠져나간 문틈 사이로 왕거미가 꿈틀,
지네 발등처럼 늘어진 나뭇가지가 울울하다
녹이 번진 창엔 흉흉한 잡풀 걷어 낸 초승달이 걸리고
지붕 없는 숲 위를 역류하던 울음,
떠도는 깃털의 잔영들,
허공을 맴돌다, 흩어진다
동족이 겨눈 할아버지의 죽음이
내 몸의 폐허를 더듬거리면
나쁜 피를 다 쏟아낸 유령처럼
구겨진 사진 속에서 빠져나오는 어둠, 어둠들
시간의 껍질을 베낀 파릇한 잔디가 시리다

몸

불운의 사인, 나는 너를 해독해야 한다

폐허의 방에서 죽은 자를 불러낸다
해골 앞에서 아버지를 죽인 자를 불러내는 햄릿의 주문*처럼
닉 부이치치의 몸을 불러내고
병사의 다리를 불러내고
도려낸 피투성이의 가슴을 불러내고
배 속 아기의 눈을 읽지 못한 어미의 눈알을 불러내고
벌떡 일어나 거울을 본다

실핏줄 따라 깨진 거울은 어느 곳에서도
입증되지 않을 감옥이다
갇혀 있는 혀를 묶으면
짧아지는 생의 그림자를 어둠으로 벗겨 낼 수 있을까
몸을 이길 수 있는 건
보이지 않는 목소리를 순간순간 기억하는 일이다

몸을 뒤집으면 각에 찔린다
거꾸로 뒤집힌 눈알이 하얗도록 날아 박히는 한 평의 슬픔,
씨실과 날실의 골속을 파헤치는 빗장 채워진 겨울날의 환청

나를 기록하고 껍질을 벗긴다

막이 내리면 너는 나를 번역할 것이다

* 문광훈, 『렘브란트의 웃음』 중에서.

제2부 계단 속의 계단에는 날개가 접혀 있다

오월, 붉은 장미

꽃물 든 아침의 혀는 날름거린다 담장 위로 부풀어 오른다 손가락 사이로 햇빛이 끼이고 발가락 사이로 흘러든 피, 옥양목 생리대처럼 뜨겁다

흙담 위로 뻗는 뿌리, 거꾸로 섰다가 바로 앉았다가 옆으로 누웠다가 앞으로 엎어졌다가 뒤집어졌다가 오염된 말이 흐르는 종이를 묻고 빈 박스를 묻고 쇠가락지를 묻고 고층 아파트를 묻는다 뽑아도 뿌리째 뽑히지 않는 것, 잡아당기며 밀며 인파 속으로 흘려보낸다

풀빛 아니면 꽃빛들, 어디에 사는지 어디로 가는지 아무도 묻지 않는 해는 소란스럽다

귀를 닫고 손을 포개 얹은 담장은 자꾸 낮아진다 구부러진 길 끝에 길을 여는 꽃, 끊어질 듯 끊어지지 않는 천만 송이 울음 쏟아 낸다 붉은 강물 따라 발가락이 잘리고 손가락 잘린 꽃잎이 떠내려간다 태양이 가시를 품고 가시가 태양을 찔러도 통증은 없고 화려하고 쓸모없는 혓바닥만 떠 있다

몸을 누이면 다시 붉음으로 번지는 오월, 붉은 장미

옴니버스

왼발 왼쪽 눈
사람들의 궤적을 따라 스케치를 하다가 펜이 부러졌다
안대를 한 여인이 다가와 펜촉을 준다

높낮이가 다른 지우개를 두고 나가는 손등이 파랗다
볼록렌즈로 교환해 줄까 아니면 오목렌즈,
유리알을 검게 덧칠하다

블록
어둠이 어둠을 물고 있다
칸칸마다 층층마다 어둠을 메우고 눈코입귀를 막아 놓았다
붉은 삼각형 블록에 눈코입귀가 생겼다
태양이 어둠을 향해 시각후각미각청각을 주었다
덤으로 촉각까지도
잎은 어둠으로 자라고 있었다

4월의 잎맥
잎을 틔우던 기와는 떨고 있다
참꽃 핀 구석의 두견새는 어디에 있을까
드릴처럼 울던 겨울

느릿느릿

끝점이 보이지 않았다

나뭇가지를 하늘에 꽂을 수 있다면

뿌리는 꽃을 피울 수 있을까

사라진 잎,

바람은 꽃을 지우고 있다

유령

벽 속으로 유령이

소리를 지른다

벽은 빛을 탐내는 유령들의 소굴,

서로를 긁는 흡혈귀,

새벽이 오기 전,

문 앞에 탄원서를 떨어뜨린다

나에겐 4B 연필이 필요해

나비 유령

렌즈 속으로 두개골이 보인다 1.5의 눈이 파이고 울퉁불퉁한 코가 보이지 않아 굳은 혀, 입술을 벌린다 버려진 자음을 씻어 목뼈 안으로 밀어 넣고 지문 인식기에 엄지 손가락을 댄다

두개골 중심에 날개가 파닥거린다 또는 날개 중심에 두개골이 팔딱거린다 발가락부터 두개골까지 날개를 접었다 펴는 동안 균형을 잃는다 햇빛도 바람도 없이 팔랑팔랑 생체리듬을 타고 나타날 때 또는 바스락거리는 날갯짓에 소멸될 때, 나비에게 풍각風角을 달아 주거나 환기통 속으로 사라지거나,

　　—나비의 뼈를 찾아야 해
　　—애벌레들의 무덤 위에도 어디에도 없어

나비 속의 나비, 계단 속의 계단에는 날개가 접혀 있다 반쪽 더듬이로 방향을 찾는다 문 앞에 오래 쭈그리고 앉아 있지 마 시간의 혀는 문을 헐어 버리기도, 너덜거리는 손가락을 먹어 버리기도 하지 온통 불룩해진 나비 무늬 문, 얼룩진 문틈 사이로 먼지가 빠져나가고 목울대에 갇힌 지문이 삐걱거린다

랑데부

바다 카페

1월은 12월을 건너뛸 수 없는 동그라미

너덜해진 원,

안과 밖이 굽은 1월이 닳고 닳아

바다를 안고 잠든 새벽 세 시,

문은 닫을 뿐이라고

수백 종류의 와인의 유혹엔

구부러진 이국적 향취가 촛불을 태운다

내일은 오늘의 시곗바늘이라고

춤추듯 흔들어 대는 시계추에 하루를 재운다

꿈꾸다 깬 아침의 여운을 가방에 넣고 일어선다

호수 카페

출구를 더듬어 여권 없이, 문을 연다

여자의 한쪽 어깨가 기울어졌다

짙은 안개로 뜰 수 없던 날개를 기억해요

멈출 수 없는 속도, 아리아의 물줄기는

밤하늘에 폭죽 쏘아 올린 불꽃

경쾌한 밤이었죠

물비늘 위로 달빛 출렁거렸죠

기류에 몸을 비튼 시곗바늘은 규칙을 안다
박동 소리는 마디 안에 갇힌다는 것을
퍼지면 퍼질수록 끌어당겨야 한다는 것을
무지개 송어 비늘이 떨어지는 물그림자 위에서도
부풀린 곁가지를 잘라 내는 일,

물무덤 속에 빠져든 나뭇잎이며 꽃잎은
소리를 물고 사라지는데
파릇한 노래에 기어든 무대조명의 줄기는 뿌리를 밀어 낸다
오페라의 장과 장 사이에 숨어 버린 마스카니Pietro Mascagni*
향기는 잡히지 않는다

이식된 활주로엔 공황증에 시달리는 여자가
다리를 펴고 의자를 들어 올리며
카발레리아 루스티카나의 간주곡을 듣는다
그녀의 대본에선 탈색된 노래가 흐른다
깨어 있어도 일어날 줄 모르던 얼어붙은 어둠의 실타래
녹슨 창틀 위에서 몸을 푼다
창문은 어둠, 아니면 햇빛을 달고 있다

>
동사된 비행기 안을 종종걸음으로 기웃거리는 새
첨벙첨벙 물 위에 흐르는 햇빛의 뼈
단단한 비행을 위해 하나씩 잘리고 절룩인다
하늘의 높이는 아무도 잴 수 없는
비행기 창을 때린다

나무 카페
늘어진 커텐을 갉아 먹던 좀벌레가 기어든다
난 딱딱해!
웃음이 바닥에 떨어진다
오래된 잠을 깨우다 머리에 뿔이 났는지 코를 박는다
수백 개의 버즘나무 가지, 무거운 몸을 뚫고 바람을 흔든다
뿌리를 뚫고 앉은 바스라질 갈빛 나뭇잎,
박제된 거미처럼 흔들린다
하늘을 뚫고 달아나 버린 새 울음,
푸드덕 깃을 치며 오르는 겨울의 우울,
햇빛에 몸을 말린다 둘레를 감던 실들 올 풀리듯
섧은 춤을 추며 떨어진다
삶의 빛깔이 무슨 빛인지 아니?
네 눈 속에 잠긴 빛이야
굼실거리던 햇빛 군더더기를 제거한 빛

노랗게 타는 냄새를 안은 빛이야
아무도 너를 분석하지 못해
다만 자동차 바퀴, 닳아 버린 펑크 난 타이어에 깔린
노을만이 알지
뒤집어진 울음이 깔아 놓은 해거름이며
증발해 버린 빛깔들
수백 개의 실뿌리 손가락 안에 갇혀 있어
들락날락 상상의 옷을 짤 거야
겨드랑이에 프릴을 달거야
해리스 알렉시우**의 슬픈 선율을 타고 가는 우주의 비행을
미래의 랑데부에서의 상상화를
문맥과 문맥 사이에 떠다니는 꿈의 언어를 펼치겠지
살아 있는 뿌리, 하늘로 뻗을까
수맥을 가볍게 받쳐 든 두 개의 잎
비행을 위해 뜨겁게 밀어낸다

* 피에트로 마스카니Pietro Mascagni: 이탈리아의 작곡가. 순회 오페라
  단의 작곡가 겸 지휘자.
** 해리스 알렉시우: 슬픈 목소리를 지닌 그리스 가수.

4월 꽃잎

폭우로 파인 웅덩이 앞에서, 철근을 박아 놓은 듯 움직이지 않는다 모든 걸 내어 준 우리는 웅크리고 있었다 봄을 건너뛴 기억처럼 버릴 것도 없는 꽃잎은 4월의 책갈피에서 흐느끼고 있다 배를 가른 옹관묘의 꽃잎처럼 굶주린 배 속을, 짓눌린 심장을, 피지 못한 꽃물 드는 독무덤 앞에서 노을로 서성였을 것이다 엄마의 둥지가 폐경처럼 말라 가고 앙상한 뼈만 남아 있다

레코드를 돌리다

침입

누군가 성큼 발도 없이 들어왔다 창마다 노래가 흘러나왔다 의문의 그림자, 문지방이 닳도록 돌아다녔을 발바닥은 없고 얼룩만 남기고 공중 위로 사라졌다 공중은 내 영역이 아니다 손가락이 거침없이 침입한 것이다

질투

등을 켜면 손가락보다 큰 바늘이 지그재그. 춤추는 소굴은 출입을 차단한다 천 일 동안 동굴 속의 어둠과 공포를 껴안고 꿈속의 꿈을 꾼다 고집불통 깃털의 문양을 새긴 어떤 꼬리가 흔들리지 인생의 장난처럼 짓밟힌 트랙, 방울, 워낭, 풍경, 교회 종을 시계추에 매달고 이리저리 뒤척이는 강물을 따라 흐느낀다

(낙타 등 사이로 쌓인 금빛 모래알, 바다에 게워 놓았지 배꼽에 낀 바다를 풀고 해일에 휩쓸린 은빛 생선처럼 팔딱이다가 어떤 노래에 수평선이 벌떡 일어난다)

음을 베끼고 있던 음표도 오선지를 배회하는 고양이도 낡은 서가의 바퀴벌레처럼 박제될까 태양 밖으로 번지는 그림자를 감춘다

(심장이 팔뚝처럼 부풀고 팔뚝은 뒤틀리고 말라 간다 수백 번 돌아 나온 길을 돌아 종착지에 도착해도 처음처럼 같은 곳인데)

상처

세월은 얼굴보다 큰 원 위에서 돌기만 한다 얼마나 더 돌고 돌아야 채워질까 한 칸씩 돌며 그어 대는 바늘귀. 긁힌 턴테이블 위에 춤추는 둥근 초침으로 이야기를 그릴까 서성이는 바늘은 오늘도 아침을 깨운다

피사체의 숨결

#1 어둠은 빛을 숨긴 채 바다의 발을 내밀었다

#2 망부석의 전설처럼 우두커니, 파도의 채찍 앞에 등을 보인다

#3 수평선은 빛과 어둠의 경계를 잃고 나를 삼킨다

#4 떠도는 깃털 하나 꺾이는 생을 앓는다

#5 청정한 뿌리를 뻗는 미역 속으로
    해녀의 다리가 보이지 않을 때

#6 수초의 빛깔로 붉은 혀를 물들게 하는 바다

#7 깊이를 알 수 없는 바다, 손을 내밀었다

장미의 눈물

세면대로 떨어지는 붉은 피를
하수구로 흘려보냈지

밖에 없는 받침이어서
연필을 깎고 벗겨진 톱밥으로
받침을 만들었어
갈빛 나뭇잎에 장미꽃을 얹었지

꽃물 드는 저녁에
엄마는 흰 면으로 감싸지
촛불로 말리고 부채로 말렸어
마르는 동안 오래 쓸 거야
장미꽃을 벼리는 먼지도

흘러내리는 물
사라지는 순간의 꽃처럼 사라지겠지

트릭 아트 뮤지엄

사각 몸통 안으로 절차 없이 사라진 얼굴,
검붉은 주름은 퇴색되거나 파릇해져
초미니스커트 밑단을 뜯으면 파도가 흐르고
초경처럼 닿을 수 없는 잃어버린 시간의 꿈

바다로 창을 낸 벽화에는
(초승달, 장미 넝쿨, 잘린 탈, 돛단배, 태양, 사막)
박제된 나비가 있고

—낙타 등을 모래로 덮고 왈츠를 출까
—텅빈 뼈 위에 나비 눈을 달고 가래를 뱉어 봐

숨 숨 숨
유기된 채 터져 나오는 초록빛 얼굴들
바스러지는 벽화 속 몸을
힘껏 안을게

카스토르와 폴룩스

겨울 계단에서 태어났어요
우린 아름다운 물고기 꼬리와 수정한 유전자였나요
형은 지느러미를 먹고 자궁 속을 빠져나왔어요

형은 미래에 죽은 나였고
나는 과거에 살던 나비였나요

별 나비, 나비 별 어느 생이
절룩이며 날아갈 수는 있을까요

죽는 날과 태어난 날이 같았던
여름을 기억해요
바다에 떠 있는 수많은 별빛들
그 별 위에서 잠들래요
긴 잠 속으로

오늘을 살다 간 내일
흰눈 쌓이면
그때 흰 눈을 떠요

샴쌍둥이로 태어난 우린 하나가 될 수 있나요

꼭두 길

붉은 눈 속에서 노래를 불렀다 밤마다 노래를 부를수록 입은 꾸역꾸역 톱밥을 삼키고 맨발이 꿈틀거렸다 그런 날이면 하얀 말 등에 누워 하늘을 보았다 조각칼로 빗어 낸 듯 빗줄기는 얼굴을 때리고 길들이 파였다 분간할 수 없는 길 따라 여든여덟 개의 건반이 부서졌다 음각된 나무의 왼쪽이 잘리면 오른쪽에 날개처럼 잎이 돋았고 음의 깃털을 달아 주던 둥치는 늙어 갔다 다친 다리를 쩍! 나무망치로 내려치자 두 눈동자가 움직였다 엉킨 뿌리처럼 실핏줄이 뻗고 어둠을 털어 내도 4월의 꽃잎은 다시 땅속으로 떨어졌다 배고픈 길 따라 물길은 불어나고 묶인 다리가 상여꾼들의 머리로 들어 올려지자 목인의 숲에 칼바람이 불었다 죽음으로 몰고 간 산 자의 초상화! 두 갈래의 길 끝에 검은 달을 묻던 날, 살아 있는 달이 내려와 피 흘린 동공 속으로 들어갔다

노파의 방

눈에서 밥알이 튀어 올랐어요
벽마다 칠해 놓은 노란 덩어리는
느릿느릿 떨어지고요

해는 기울어
언 강 아래로 달라붙어요
연어의 눈은 물속에 잠기고
기침을 해요

발목 묶인 해는
벽 위에서 춤추고 있는데요
나는 자꾸 작아져서 흰 벽에
은어를 그려요

뒤집혀진 밥상 앞에선
밥알 삼키는 연습이 필요하거든요

지느러미 떼어 낸 자리에 울음이 돋고
해를 몸에 새겨요

〈신아리랑〉의 변주곡

밤마다 우는 두견새의 입 안에 핀 꽃, 저녁은 서슬 푸른 미나리밭에 열두 알의 금붕어 밥으로 둥둥 떠 있죠 안개 먹은 봉분에 꽃이 피었어요 거울아 거울아 누가 제일 착하니 패잔병 얼굴에 핀 참꽃이요

Var. 1 핸들

당신이 심어 놓은 머리털 끝은 갈라지고 갈라진 길이 되었어요 녹음된 곡을 누르니 푸드덕 옆구리에서 새 울음소리 튕겨 나오고 핸들은 중독된 소리만 돌리죠

Var. 11 백미러

한쪽 귀가 잘린 빈센트 반 고흐도 되었다가 두 쪽 귀를 잃어버린 베토벤의 소나타에서 쏟아지는 음의 가락을 갉아 먹는 송곳니가 되기도 해요 밤에는 플랫들이 우글거려서 혼자 달리면 위험해요 귓바퀴 달린 달팽이처럼 귀를 닫아야 해요

Var. 111 창

창이 나를 가두었죠 달을 밀어내는데 떠밀리지 않아요 창이 나를 내려놓지 않아 숨이 막혀요 수리하는 곳에 가려면 어디로 가야 하나요 별꽃들 점점 내 몸을 끌어당겼어요 별

빛의 혀는 건조한 입술을 따라 우주 끝까지 길을 낼지도 몰라요 박제된 물고기 지느러미만 깜빡이는 동안에 내가 창이 되어요 별빛 쏟아지는 창백한 저녁에 녹슬지 않는 창틀로 남아 있겠죠

Var. 1111 모래

황금빛 악보엔 수만의 봉분이 움직여요 수백 마리의 낙타 등 위를 따라 아다지오로 연주하니까 무너지지 않아요 테누토를 달고 페달을 밟으니 밟혀지지 않는 내가 있어요 산산히 부서져 내리는 태양은 셀 수 없지만 사막의 지평선 너머 음의 뿌리가 있으니 괜찮아요

바느질하는 여인

들썩이던 꽃들
팔랑거린다
바람이 꽃을 물고 왔는데
허공엔 우체통이 없어요
푸른 어둠이 몰려와도
어떤 무늬를 만들지 궁금해하지 말아요
저편의 숲이 혼미해질 때,
짙은 눈썹 위에 올려놓은 먹그림나비는
잠자리의 날개를 닮았죠
움직이면 비늘 가루 떨어지고
부푼 더듬이
곁눈을 잘라낸 길 위에
길을 내고 끝으로 날아가는 날개 떨고 있어요
햇빛 쪽으로 각도를 맞추고 왈츠를 추려는지
꼼지락거리고
겨드랑이엔 검은 털이 돋는데
몸을 꿰매며 찔러 대는 바늘
꽃이 날개처럼 운다

제3부 더 빛나는 밤이라고 아세요?

벽화 속 왈츠

암각화에 새겨진 풀무치 소리들이 고개를 내민다 머리털이 서늘해진다 죽음의 계곡에 천 개의 달이 뜬다

나뭇잎 밟고 소녀가 왔다 춤인 듯, 달빛인 듯 죽은 소녀가 살아서 돌아왔다 삭은 맨발이 소녀의 전생이다

너는 손가락이 길어 너는 이파리가 많아 너는 다리가 없어 온몸이 날개였으니까 가을이 가고 겨울이 올 때까지 코뿔소가 쿵, 쿵, 죽음의 계곡을 들이받았다

식은 찻잔 너머로 달이 지고 풀무치 소리들이 벽화 속 방문을 닫아 걸었다 소녀의 전생이 닳고 닳아서 삭은 맨발에 천 개의 달이 뜬다

엠, 어때

엠, 해변과 동떨어진 사구에 뿔소라 되는 건 어때
소라 껍데기 속의 귀가 되는 건 어때
두 귀를 열어 숨소리를 담는 나각螺角이면 어때
톱니 모양의 돌기 위를 맴돌다 #음을 담는 건 어때
은빛 파도를 건반 위에 올려놓자 검은 음이 되면 어때
팔딱이는 음빛을 모아 호리병 속에 담아 놓는 건 어때
마주 보는 수평선에 나를 올려놓는 건 어때
바다와 하늘이 그어 놓은 금빛 날개가 되는 건 어때
태평양의 슬픈 가마우지의 눈이 되는 건 어때
마라도 건너 우주의 악보 위를 날아다니는 건 어때
오선 위에 걸려 있는 발자국을 표구하는 건 어때
떠도는 종아리에 파스를 붙이는 건 어때
시큰거리는 발로 끝없이 펼쳐진 물살을 가로지르는 건 어때
몸을 칭칭 동여맨 물빛 붕대를 풀어 놓은 구름이면 어때
하늘이 갈라놓은 머리카락 닮은 숲길이면 어때
흙길 갈라진 틈새로 뿌리처럼 뻗는 길이 되면 어때
길이 되지 못하면 다시 길바닥에 누워 보는 건 어때
뭉게구름의 눈을 찌르지 않아도
바닥 끝까지 추락한 비와 동침하는 건 어때

엠, 이런 건 어때?

건초 더미 속에 우글거리는 구더기가 되는 건 어때
구더기 무덤 속에 갇혀 해우소가 되는 건 어때
콘크리트 더미에 깔려 죽은 자동차 바퀴가 되는 건 어때
창에 매달린 수많은 물방울이 되어 낙하하는 건 어때
뱉어 놓은 이물질을 핥고 죽는 혓바닥이면 어때
혓바닥에 돋아난 이슬이면 어때
달력에 발톱이 자라 앞장을 넘기면 어때
올려놓은 바람이 문풍지 앞에 떨다가 악마가 되면 어때
나뭇잎에 어둠을 바르고 부풀어지는 꽃 몽우리면 어때
물빛 찌꺼기가 풀풀 날리는 바람이면 어때
엉덩이 들썩여도 잡히지 않는 빛이면 어때
구석은 구석으로 놓아주고 구석이 되면 어때
몸속 아우성에 핀 애벌레면 어때
지독한 생生 앞에서 투명한 나비가 되면 어때
해를 띄우고 달을 태우고 88개의 소리를 담은 별이면 어때
끝없이 어때 어때 하고 싶어지면 어때

(내 몸을 털어 내고
내 귀를 흔들고
커다란 염주에 머리를 박았다)

낡은 악보 들뜨다

무더기에서 4월의 음표가 튀어 오른다 몇 차례 시베리아 바람이 지나가고 두 겹 말아 올린 꼬리가 팔딱거린다 조닥 조닥 붙어 있는 줄과 줄 사이로 물고기 떼 찰랑이는데, 사십 년 먹은 악보 칼칼한 빛을 쏟아 낸다 한 페이지씩 넘길 때마다 빽빽이 채우고 빠져나간다 은파 위를 가르는 물새들, 목련 꽃봉오리의 가슴 펼치듯 건반 위에서 파닥거린다 계단을 한 칸씩 오를 때마다 뿔피리 불던 상어 수면 위로 둥둥 떠오르는데 정적을 터트리는 소리, 팽창하거나 소멸된다 수평선을 물고 있던 어둠, 잔결꾸밈음처럼 빠르게 제자리로 돌아온다 등 굽은 파도 소리, 바람의 터널 속으로 질주하는 공기의 흐름처럼 떠밀린다 바람을 등에 업고 떠다니던 진동의 수만큼 덜컹거린다 속도를 알 수 없게 한쪽 귀를 닫고 한쪽 손을 웅크린다 평평하게 들썩이는 음들의 터치, 손등에 끈끈한 타액처럼 붙어 있다 어둠의 끝에도 바람통 주머니를 더듬는 숨결, 찢기지 않는 리듬을 타고 떠다닌다 빛바랜 음계, 배 속에 갇힌다

비창

1#

우울하다 수천 개의 톱니바퀴가 고요를 물고 해머를 두드
린다 공포탄을 쏘아 올린 음률이다 포르테피아노(fp)의 결
합으로 흐르는 곡,

몸뚱이는 팔, 다리, 목이 잘려 있다

직각이 허리를 구부리면, 기침을 한다 나이테를 감고 소
리 낼 때마다 생살이 벗겨진다 핏빛 발자국을 지우고 쐐기
풀 몇 장 떨어뜨려 눈, 코, 귀, 입, 발가락…… 손가락을 부
른다 길어진 손톱이 음을 자른다 한쪽이 잘린 마네킹 손, 꼬
리 잘린 음표가 뒹군다

쪽방 한편에 곰팡이는 퀴퀴한 냄새 내밀며 천장에 달라
붙은 햇볕을 핥겠지 목을 조일 때마다 상처를 내는, 여든여
덟 쇠줄 동여맨 몸들이 웅크린 손을 펴면 쇠줄 끊어지는 소
리에 눈 감겠지만 핏물이 응고될 쯤, 심장을 펴놓고 팔딱팔
딱 노래를 불러야지 음표의 균형을 잡아 주어야지 절룩대
는 음표는 메트로놈 무게에 눌려 있다 구멍 속을 파헤치면
나무망치마다 살아나는 쭈뼛한 힘줄, 바닥을 뚫고 뿌리 내
린다 나뭇가지마다 돋아나는 일그러진 잎, 촉수를 건드리

며 떨어지는 잎, 흑건과 백건 사이로 팽창된 음 튀어 오른다

2#

구겨진 종이에서 음표가 걸어 나와 묶인 손목과 발목을
풀고 있다 음계를 오르다 떨어져 잘린 살점을 묻고 허물어
진 머리를 흔드니 쏟아지는 건 바스락거리는 나뭇잎, 벽 속
에 갇힌 비명으로 떠돌다가 바닥을 긁어 대는 탈옥수라도
될까 미성숙한 선율이 뿜어 대는 비릿한 기

3#

대지 위에선 꽃이 피고 새가 울고 나무가 흔들린다 우주
의 한가운데 거꾸로 서 있는 하얀 나무의 새는 한 페이지씩
음표를 매달기도 하고 새 뼈를 세워 불완전한 음의 박자를
맞추기도 한다 노을빛 내려놓은 중심에 만나지지 않는 음
이 있다 끝나지 않는 음표 위에서만 살아 있는 페르마타 같
다 깃털 파고드는 햇살은 내장을 먹고 소멸할까 음은 뾰족
한 유리 빛이다 스며드는 빛, 시려운 조각, 세상에 완전한
것이 무엇일까 다만 떨고 있는 잎새일 뿐이지

사는 일에 매달린 음표들, 까만 머리 하얗게 변할 때까

지 세게 여리게 부딪쳐야 소리를 내지만 음이 멎을 땐 이 곡
도 사라지겠지

우스운 여자

　비정상적인 물고기를 본 적 있다 강이 오염된 이후 물고기들이 죽거나 기형적으로 살고 있다 물비늘이 처연히 떨어지듯 수천의 꽃잎이 4월의 가슴 위로 짖어 댈 때

　# 꿈 무덤
　꿈의 표면은 부드러워 자주 미끄러지곤 한다
　닳아 버린 조각을 덧대다가 보푸라기로 맺힌 틀에 끼이기도 한다
　너덜거리는 실을 매달고 페달을 밟아도
　움직이지 않는다 발바닥에 누운 해가 문고리에 접혀 쭈뼛쭈뼛한
　흰 머리카락으로 자란다 빈 가지를 동여맨 붕대,
　실타래 올 풀리듯 울고 있는,

　# 책 무덤
　방마다 널브러진 책들 부딪는 소리에 낀,
　박제된 바퀴벌레 한 마리를 본다
　살아 있다면 딱딱한 쥐똥을 구걸했을까
　혓바닥으로 책장을 핥으면 검붉은 불구덩이를 헤집고
　기어 나온 깨알 같은 글씨, 번진 자리 바래 간다

책은 밟고 밟힌 자리 위에 척척 쌓인다

쇠잔한 등 위를 신나게 올라탄

방 속에 갇힌 어둠,

걷어 내면 다시 미끄러지는 책갈피 속에 손짓하는

미완성의 글자들이 부대낀다 어디까지 묶어야 펼 수 있지

대가를 지불하지 못해 제 눈을 찌르는,

모래 무덤

구부린 허리에 빛이 관통한다 떠밀리던 해의 발자국이
지워지고

밀려가는 그림자를 잡아당긴다

수평선이 검은 모래 속으로 들어 온다 무너진다는 신호
를 보내던 바다의 손,

웅덩이를 판다 푹푹 빠져드는 몸을 비벼 대며 내뿜는 물
빛 독,

입 속에 모래를 삼키느라 혓바늘이 돋고

절은 내장은 한 시절 휑하니 소나무 위에 널려져 있을 것
이다

시신경의 세포 분열에

머리가 깎이고 바람은 멎는다

오래된 위궤양으로 마지막 내시경 검사를 받으러
일어서는데 움직이지 않는다

물과 바람과 햇빛, 그리고 모래의 정지된 무게에 눌려
있다
생의 반쪽을 구부린 등을 만질 수 없어
바다에 뛰어드는,

모자이크 속으로 가다
—2막

넓적다리 속에서 달이 찰 때까지 자란 구릿빛 얼굴, 떠오른다

1

조각칼로 수없이 내리친 자국엔 골이 파이고 검붉은 파편이 박힌다 골골이 박힌 배춧잎들 머리 풀어 곱사춤 추는 저녁, 심줄 드러난 웅덩이마다 달의 액즙 범람한다 등 시린 대나무 허리를 절단하고 허기진 마디마디 경계를 허문 풀뿌리와 안구건조증에 걸린 애기똥풀, 반듯하게 눕는다

2

생살 도려낸 붕대에 스며든 핏물로 입술을 닦아 낸 적 있나요

달빛에 묻어난 뼛가루를 걷어 낸 미소는 부푼 입술 위에 돌의 뼈로 단단한 기둥을 세웠죠 당신은 그때 반쯤 내려진 불상의 눈까풀 사이로 금빛 눈물 번득이는 걸 본 적 있지요

3

유리 빛 칭얼대는 소리가 잠잠해질 무렵, 한편에 델로스

섬 디오니소스 신전의 제단이 보여요 돌과 돌 사이 불빛 무
너지는 하루 절반을 서 있다가 다리가 아팠어요 시큼한 밤
과 새벽 사이를 오가는 반쯤 잘린 달과 태양의 키스가 햇살
을 걸어 잠그고 블라인드를 떨어트리죠

4

크리스탈 빛에 반사된 대리석엔
질투로 가득 찬 여자 얼굴이 박혀 있어요
잘린 햇살 허공에 떠 있다 가면을 벗으면
컴컴한 웃음 공중분해 되어 돌아다녀요
몰래 모아 둔 악보에선 광기로 가득 찬 포도송이로 피어
날 거예요
(돌무덤을 파는 구름과 구름 사이에 새 한 마리 날아가
더군요)

5

(남자는 밤새도록 영사기를 돌리고 있다)

대낮의 해를 삼킨 굵은 빗줄기, 사선으로 퍼붓고 있다 번
개를 파먹은 비의 혼신은 안개를 뿜어 대고 드라이아이스

돌리는 소리는 그릉그릉 천둥을 몰고 온다

　반쪽을 잃어버린 태양과 반쪽을 감춘 달이 겹쳐진다 흐
릿하다 흐물거리는 스크린 위에 질긴 접착제 덕지덕지 붙어
있다 폐허의 흉허물을 드러내고 사라진 얼굴, 엘리베이터
를 뚫고 오른다 원의 조각, 만삭의 뱃가죽, 디오니소스 눈
물을 양수처럼 터트린 망막, 빛이 새어 든 정방형엔 그가 사
라진 지 오래다 오래된 삶의 단면 조각 하나씩 뼛가루로 반
죽한 대리석 퍼즐로 맞춘다

　6
　소름 돋는 가지마다 비추는 달 두 개, 하나는 태양을 다
른 하나는 달과의 삽입이 시작될 무렵, 뿌리 없는 가지의 죽
음을 예견한 서슬 푸른 밤은 뱀 무늬 넥타이처럼 풀어져 있
다 하늘로 오를수록 더 큰 하늘과 멀어지는 구름은 누군가
의 상처로 태어날 얼굴을 덮고 있다

　근육질의 남자 뚜벅뚜벅 벽 한 면을 장식한 모자이크 속
으로 들어간다

햇귀

다소곳한 당신은 지친 땅 위를 뚫고 허공의 허리를 돌아 지평선 너머에 있어요 둥근 배 속에 가둔 형체, 꼼지락 몸을 일으키죠 아직도 물컹물컹해요 울음보 터트린 물속 돌멩이 무게에 반쯤 오른 당신, 잃어버린 살 내음 찾아 떠도는 숲의 향기에 울음을 멈추죠 건조한 땅바닥을 뚫고 피어난 꽃잎, 쭈글쭈글한 얼굴을 덮어요 꽃잎 한 장 떼어 딱딱한 배 속으로 밀어 넣으면 피지 못한 꽃물 드는 고요, 꿈틀거리죠 오롯한 당신은 어둠을 밀어내는 자궁벽에 웅거한 힘이에요 허기져 갈라진 땅에 젖어 드는 빗방울 먹고 자란 당신은 억만년 달려온 여명이고요 빛의 결을 따라 실핏줄 터진 슬픔을 풀어놓아요 당신은 산 가랑이에 입 벌리는 핏덩인가요 듬성듬성한 머리카락이 끈끈한 양수 안고 쏟아지는 물살의 줄기처럼 움직이네요 눈코입귀손발을 품은 비명, 어둠 토해 내는 소리는 움직일 때마다 들려오죠 전 혀로 함몰된 배와 가슴을 핥아요 산란하는 모든 것들은 울음이 배어 있고 깬 자리마다 파인 골이 미끄러지지 않는 층계를 잇고 있어요 몸을 밀어낸 분화구의 빛 그리는 당신은 살아 있나요

스테인드글라스

　　창에 노을이 내려앉는다 덧칠한 산 그림자에서 생리혈 냄새가 난다 투명하게 드러난 건너편 창에 듬성듬성 자란 솜털이 유두를 자극한다 혹독한 삼 일을 버틴 아랫도리에선 아직도 핏덩이가 만져진다 은밀한 숲을 얇은 발갛게 상기된 흰 꽃잎이 허방에서 툭 터진다 산란하는 빛이 어둠을 배설하고 눈빛에 빨려 들던 자궁이 열린다 허공을 떠돌던 그림자, 실핏줄에 달라붙는다 벽과 벽을 마주 보는 창, 볼록렌즈와 오목렌즈가 합쳐진 창에 덧씌워진 껍질이 허물어진다 밤마다 영혼을 부르는, 물컹한 생을 주무르는 젖가슴이다 달집에서 빠져나온 덩어리 창에 흩치면 머리카락처럼 자라는 세월만큼의 무게를 덜어 낸다 깊은 곳에 자라는 생즙을 짜는 것은 부재한 몸을 잊기 위한 자위일까 창을 베끼던 노을이 벽을 타고 미끄러진다

섬 발자국

섬 밖의 나무는
섬 안의 나무가 되지 못해 머리 위로
나뭇잎을 떠민다

밖으로 섬을 내밀지 않았을 때
나무의 뿌리는
눈물을 거두지 않았을 것이다

밖의 섬과
안의 섬으로 잇닿는 잎들
움츠린 날엔
비명의 몸짓을 내보내는 것이다

비릿한 어귀의 달빛은
나뭇가지에 갇힌 빛을 지우고
동백 꽃잎에 갇힌 그림자를 지우고
음각으로 새긴 시간을 지운다

언덕길을 오르면 길은 길로 이어져
나를 밟고 오른 계단의 끝에 걸린 달은

천 갈래의 몸을 찢고 섬 속으로 사라진다

사라진 그림자는 물속의 물을 밀어내고
섬의 무릎에 앉아 불쑥

떠오른 손이 되고 발이 되고 목숨이 되어
몸을 들여다보는 것이다
밖으로 터져 나오려는 시간을 물고
흘러내리는 머리카락이 되어 흩날리는 것이다

조율하는 바다

1

천둥 먹은 바다의 귀가 화석이 된 입술을 당긴다 수초의 허리를 삼킨 물의 바퀴가 수중 절벽 가까이 구른다 낯선 바위섬은 해일이 지나간 자리에 핏빛 고요로 물들어 있다 막혀 버린 몸의 길, 잦은 물살에 부서지는 파도는 생의 뿌리를 뒤흔든다 깊이 뿌리 내릴수록 울음소리 들리지 않는다 파닥이는 물고기가 게워 낸 시퍼런 울음만 부표처럼 떠다닐 뿐이다

2

번개 먹은 보이지 않는 빛이 있다 빛은 상온을 품고 뼈와 뼈 사이를 지나다니다 검은 피의 흔적을 보기도 했을까 컴컴한 굴속을 빠져나오면 프리즘에 반사된 빛도 다시 제 빛깔과 속도를 내는데, 물고기의 부레처럼 누구나 하나쯤 갖고 있는지 모른다 굴절된 빛에 떠밀려 비명처럼 사라졌을 물고기, 살가운 눈빛 온몸으로 뿜으면 밤마다 한기에 떨며 잠적한 물고기 떠오를까 급하강하는 빛줄기는 바이올린 현처럼 물 밖으로 떠밀린다 수심 깊은 곳에 박힌 송곳 건져 내지 못한 빛, 바깥쪽 가장자리와 안쪽 가장자리가 이루는 각도 사이를 서성이는 별빛, 수면을 가로지른다

>

3

침몰하는 해를 누이는 바다의 손은 뒤틀린 음을 비틀어 제자리로 옮긴다 바다 위에 떠 있는 운무 깃에 닿은 음률은 치열한 물길 속 지느러미를 가르는 날카로움에 물방울 풀어 놓는다 시간의 계단을 오를수록 짧아지는 호흡은 살아 있는 침묵이다 억만 개의 빛으로 살아 떠도는 물고기의 눈, 살점, 지느러미의 노래를 듣는 바다는 체온이 식지 않게 페달을 밟아 준다 뻣뻣한 머리카락을 풀어 놓은 삶의 악보에 단단한 뼈대를 세운다 바다의 발바닥을 뚫고 피어오르는 안개에 가려진 구름은 순환하는 물의 흐름을 따라 풀었다 조이는 햇빛을 껴안는다

목인

햇살 품은 꽃잎은 마디마다 경계를 허물어 파닥이는 깃
털로 피어난다 기억 한 움큼 떼어 돋은 가지 끝에 매달아 놓
는다 밤새 머리채가 흔들리고 단단한 밑동은 작은 떨림에도
가파른 호흡을 늘어뜨렸을 것이다 손끝에서 심장으로 전해
지는 통증을 앓고 있는 꽃잎들, 건반 한편에 절룩이는 음계
를 쏟아 낸다 어딘가 있을 목뼈를 찾느라 옥타브를 건너뛴
손가락은 오선 사이로 엉킨 구름을 안고 젖혀진다 하늘의
터널을 만든 터치가 나무를 잡아당기며 오른다 타닥, 탄성
을 걷어낸 나무는 죽은 세포 하나쯤 껴안고 산다 분쇄된 음
률, 이슬로 찰랑일 때 부풀린 음각을 흩어 놓은 부리의 쪼
음은 살갗의 더께를 털어 낸다 한 겹 벗겨진 껍질은 톱밥으
로 날리고 흙바닥에 떨어진다 꽃은 떨어져야 나무의 뿌리까
지 닿을 수 있나 보다 나무에게 꽃은 떨어질 수 없는 반쯤
드리워진 그림자로 남을까 음지와 양지의 교차로에서도 몸
이 깎이는 나무, 한 그루의 생은 수많은 껍질이 벗겨진 살
갗을 만지는 일이다

꽃노래

꽃이 피고 진 자리 다시 꽃을 피워요
여린 꽃대 꽃샘추위에
든든한 두 팔로 감싸 주어요
건조한 흙 뚫고 오르는 한 방울의 물
시든 꽃잎의 목을 적셔 주지요
다소곳한 화분에 새벽안개를 발라 내야 해요
몸만 빠져나온 뿌리,
온몸이 가시예요
손끝의 온기로 피어나는 작약,
또르르 이슬이 굴러요
모래바람에도 피어나는 꽃잎들
겹겹 아침 햇살 파고들어요
꽃빛을 엿보던 까마귀 발톱이
얼굴을 할퀴었을 때,
하혈하듯
꽃잎 한 장씩 떨어지는 게
안쓰러워 눈을 떼지 못했잖아요
드라이플라워가 버석거릴 뿐인데
온몸이 모래네요
태양의 꼬리, 꼼지락거리면

모랫길이 생기고

씨앗 하나 화분 깊숙이 밀어 넣어요

씨앗들 올망졸망 싹 틔우는 날

노을을 비트는 어둠이 적조처럼 흘러요

꽃 피고 지는 것이 고요한 독무獨舞라고

들숨과 날숨을 몰아쉬던 당신의 향기는

허공을 맴돌다 먼지가 되었을까요

훼손되지 않을 자리에 웃음 뿌려 주면

생생하게 살아 오르는

속살 발그레한 꽃잎이고 싶으니까요

풍경

소리는 차랑차랑 귓불에 닿는다
처마끝 서까래를 이고 흔들린다
지느러미를 꿴 바늘의 깊이만큼
겨울을 받치고 있다
흐느적거린 날들을 매달고
선 끝 가장자리의 댓돌에 오른다
바람이 심하게 불어
묶인 몸을 이리저리 청동시대로
길을 내듯 꿈틀거린다
고요를 물고 나뭇잎을 물고 먼지를 물고
오그라드는 생 앞에서도
물고기의 족적을 풀어놓는다
요동치던 물살을 가르듯
허공을 휘저어 유영하는 너를
어디선가 본 듯하다
발끝엔 수만 년 전 닿던 흙길이 열리고
합장한 비구니의 치맛단이 바람을 타고
삐걱거리는 문틈에 닿는다
지나간 무늬가 남긴 비루한 소리
고꾸라져 몸을 틀고 있는 비원의 소리

풍경 속으로 파고든다
미끄러지듯 비늘에 닿은 빛이
눈 속에 들어와 빠져나가지 않는다
살점 같던 노랫가락 쇠줄에 파닥이는데
수백 년 먹은 나이테에 스며드는 소리
열고 닫히는 문고리의 둥근 족쇄엔
수많은 문양이 지나갔다

숲의 가락

어둠이 내린 삼각 표지판에 보름달이 내려앉는다 달그림자 이고 가던 바람이 문을 열고 들어온다 눈가에 젖은 음표가 미끄러진다 외줄 따라 거꾸로 매달린 거미 발처럼 떨어지던 느린 음표가 미끄럼을 타며 오선을 그리기 시작한다 어떤 손은 젖은 음표를 그리고, 어떤 발은 마른 페달을 밟고 있다 발바닥 끝에 떨어진 어둠이 꿈틀거리며 신음 소리를 낸다 나무 속 수런거리던 구름도, 기우는 달에 모여든 쥐며느리도, 한낮의 파닥거리던 새의 날갯짓처럼 엎드려 나무 속을 파내고 있다 잘라 낸 가지마다 돋는 눈물 꽃, 두견새 슬피 울다 토해 버린 핏물에 피어난 꽃, 그 밤에 울음소리 들었을까 삼각 표지판에 새겨진 빨간 사람 하나 도끼질을 한다 낡은 도로 위에 내린 소리를 고치고 있는 중! 위험하니 돌아가세요, 어차피 갈라진 아스팔트를 파고드는 달빛도 언젠가는 은은한 소리로 들려오겠지요, 깎지 않는 손톱 끝에 잘린 달 조각이 사방에 흩어져 버렸다 송곳처럼 박힌 고드름을 씹어 삼킨 달에게 노래를 들려주기도 하고, 백색 불빛이 비치는 와인 잔에 춤추기도 한 달이 고와서 마네킹처럼 빛난다고 백열등 하나 걸어 주면 더 빛나는 밤이라고 아세요? 그래도 다시 어둠은 어둠을 먹고 일어나 꿈틀대죠 달이 사라진 새벽이다

미로 박물관

토기들,
고대를 거슬러
갇힌 겨울을 지킨다
검은 안경을 쓴 여자가 계단을 오른다
신석기 토기는 그녀를 읽는다
빗살무늬토기 골이 파인 표면은
세월에 너덜너덜하다
맞은편 토기를 바라보다 눈이 닳아 버렸나
토기 조각 사이 달라붙던 혼,
만지면 할딱거리는 숨결 떨어질까
비파형단검이 날을 세우고 기다린다
둥그런 토기에
몸을 말고 몸을 풀면 길이 될까
말 탄 밀랍 인형,
또각또각 시간 속 여행을 떠난다
안개 속으로 사라지는 남자, 발굽을 따라
자동차 앞바퀴는 발자국을 지운다
말보다 빠른 노을이 붉은 신호등에 걸린다
남자의 도포가 휘날린다
산허리를 돌아

호수의 모퉁이가 닳도록 선을 긋고
다문 턱을 덧칠한 선은
탁본하지 못한 흔적 안에 갇혀 있다
미세한 골을 모사한 암각화엔
구부러진 길이 펼쳐진다
금동관을 벗어 놓는다
사슴의 뿔도 남자의 뇌 속에 맴돌다
소장품이 된다
토기에 콕콕 찍힌 두 개의 손금,
박물관 속으로 사라진 뒷모습을 가리키는 풍향계,
모두 유리 안에 있는데
멈춰 선 곳은 시작과 끝이 뒤바뀐
밖이다

제4부 성모마리아가 있는 곳엔 창이 있어요

아르페지오

오래 머문 그림자가
악보를 펼친다

건반 위를 걷던 초록잎들이
나를 흔드는 봄

손가락이 먼저 악보를 읽는다

벽면을 채우던
지금은 사라지고 없는 시간
나를 베끼듯
오르락내리락 세월을 연주하고 있다

공룡의 변명

중생대 공룡처럼
느리거나 무거운 그림자였다
초원의 풀이 자라기 좋은 땅이었나
그대의 땅거미 그늘로 숨어 들었나

향하거나 눕거나
매양 겨울은 고대처럼
고드름도 상처를 내었다

눈 위로 눈을 밟고 지나간
꺾인 발목은 쓸모없는 발자국인가

누군가 달려오다가
공룡을 발견했다면
꿈틀대는 심장을 꺼내 다오

누대에도 없고
여기에도 없는 어떤 결투를 갇힌 유리병에서 본다

직선으로 뻗은 내력을 읽고

흩어진 빛들을 모으는 어제는 죽었고
죽은 풀을 밟으며 구멍 속으로 사라진다

순간의 빛을 쬐고 나온 날들의 반복들

빛바랜 유리창을 뚫고 나온 얼굴
공룡의 눈빛과 마주하다

담

성모마리아가 있는 곳엔
창이 있어요

창 너머 나무는
바람이 잔물결처럼 일렁일 때
꽃을 피웠어요

아무도 없는 곳

창을 닦아도 흘러내리는 물기는 그치지 않고
나무는 창에 비친 나무를 보고요

창은 창이어서 바라보아요
담은 담이어서 올려다보아요

하늘에 심어 놓은 하얀 무덤들
움직이는 것들이
숨 쉬는 것들이

높은 담 위에

구름의 목도리를 풀어 놓아요

하얀 고봉밥을 생각했어요
우리가 잃어버렸던 밥그릇 위의 꽃들
달려가도 달아나기만 하는 밥풀 꽃들

흔들리는 구름은 아니에요
흩어 놓은 구름도 아니고요

구름이 하는 말을 읽어요
옛 사진 속 의자에 앉은 꼿꼿한 어깨였어요
흘러내리는 하얀 수염꽃

뿌리가 움직이나요
구름이 뿌리내리나요

하늘에 핀 꽃들이 우르르 쏟아지는 날
구름이 세상을 덮어 버리면 어떻게 하나요
구름 길을 따라 구름으로 떠나는 날에

>
그때도 창의 안과 밖 사이를 서성이며
꽃이 피는 계절은
봄이 좋아

구름은 사라져도 다시 나타나고
구름은 빈 가지를 덮고
구름은 뿌리내려요

밤을 건너온 창의 뿌리도
하얀 것들과 맞닿아

낡은 손바닥을 펴고

어제 죽었던 나를 오늘 살게 하고
오늘 죽었던 나를 내일 살게 하는
구름의 뿌리로 떠다니겠죠

남겨진 건 천 개의 무덤 위에 홀로 핀
달빛의 이야기로

>
나는 나를 읽고
나는 나를 담 위로 힘껏
밀어 올려요

구름들 떠다니는 언덕 위의 집으로

물고기

내벽에 죽은 물고기 켜켜이 쌓여 있다
얼어붙은 물갈퀴에서 하얗게 피어나는 안개,
뜨거운 입김 속으로 들어간다

벽을 물고 있던 물고기
뚜껑을 여닫는 사이에
냉대 해류의 구름처럼 살아 팔딱인다

손끝에서 미끄러지는 순간
뾰족한 얼음조각 맨발 위에 떨어져
산란을 꿈꾸다 튕겨 나갔지
냉각된 알이 부화할 수 있나

냉동과 해동의 시간을 오가던
미물이 꿈틀거리고
출구를 더듬어
냉장고 옆구리를 흔든다

얼음을 깨고 녹여 낸 자리는
물고기 무늬가 된다

방 한 칸

언 호수 위로 앓아눕는 방

호수에 솟은 작은 섬 같은 물혹 하나 제거한
자궁 속 텅텅 울리며 드러누운 방이다

뿌리가 끌어올린 별빛 한 점
덮어 주는 방이다

삽자루 불끈 쥐고 한 삽씩
소금과 모래와 흙을 덮은 방이다

아이들의 눈물 쏟아 낸 비릿한 방에
번지는 무늬의 냄새

체온으로 일어서던 그 방의 기억들

새 떼와 산책하다

십자가 지고 허공을 가로지르는 날개
들쭉날쭉한 지느러미를 달고 있어요

쉼 없는 자맥질 끝에 박차 오르는
새 떼의 비행을 바라보기도 해요

넝쿨 담장 아래 잃어버린 바퀴가
날개처럼 울어요

체인 감는 소리가 주름진 불면을 낳았군요
검은 갈퀴들이 뻗어 나가는 방향은 햇빛 쪽인가요

맨발의 길을 뿌리 쪽으로 신고 가는 공명의 다리,
나뭇잎들이 뻗어 나간 하늘로 물들 때까지

가을빛 마른버짐처럼 흩어지면
지나간 바람 살점 같은 깃털을,
또각또각 떨어뜨려요

추락하는 낙엽에도 날개가 있다는 거

가볍게 날갯짓으로 기록해요

유영하듯 휘적휘적 노를 저어 가는 새들
때론 바다의 연필로 오므렸다 폈다
각진 시간을 굴리다 깎이고 덧대네요

바다 지느러미 후드득 쏟아지는 새 떼

호수의 창

눈물도 뼈도 잎사귀도 없는 석실 안에
유폐된 호수가 있다
사각 호수의 벽지는 차가운 물결 무늬
낮게 비행하는 흰빛이다
예리한 각도로 뒤척이는 햇살,
탱탱한 꽃잎의 무덤을 꿈꾸는 창엔
감금된 삶의 허리가 있고
푸른 새들이 뿌려 놓은 향기도 있다
가지 끝에 피운 눈꽃들
흐린 호수에 내려앉는다
배경의 무늬를 만들던 형체를 알 수 없는 나무,
잎을 틔우고 있다
물 위에서도 나무가 자랄 수 있을까
잎맥이 끝나는 지점에서 하늘의 피부는 부드러워
뾰쪽한 끝에 자주 찔리고 꽃들은
둥그렇게 흰 나무 곁을 떠나지 않는다
뿌리 끝에서 끌어올린 흐느끼는 음표에
소리를 달아 주는 일도 잊지 않는다
사방에 흩어지는 꽃잎들
계절 모르고 피어나는 눈꽃을 빨아 가슴에 넣는다

거친 호흡마저 무색해지는 오후에

낮아지는 가슴을 쓸어내리고 있다 흰빛,

새의 깃털이 파르르 떠는 풍경을 낳고 사라진다

흰 꽃잎마다 전율하는 음을 찍어 두는 일이 더딘 오후에

수천 년을 두고도 담을 수 없는 무덤의 고요는 널브러
져 있다

몸 밖으로 증발되는 무수한 삶의 모서리,

살점 하나 떠나 보낸다

가위눌린 달팽이

햇빛 한 점이라도 긴 혀를 내밀어 쏘옥 빨아들인다 탯줄로 익힌 습관처럼 혓바닥이 달싹인다 머리에서 발끝까지 차오르는 옹알 옹알이, 일으키지 마라, 컹컹 크루프 울음소리 멈추지 않는 밤에 돌돌 말아 뻗고 있는 뿌리려니 눈알에 박힌 불빛, 거뭇해진다 물컹한 잠이 쏟아진다 잠들면 오장 육부 뒤집는 봄밤 오려니 그뿐, 꽃구름 피어나도 그뿐이다

씨앗 하나 툭 밀어 넣어도 말은 익지 않아 올챙이처럼 손가락에서 빠져나간다 진화가 덜 된 발둑, 꼬물거린다 미끄러운 입술로 몇 가닥 길을 만들고 사라진다 바닥에 엎드려 목을 잡고 성대를 누르면 끈적이는 가래 토해 낼까 초침의 공포, 딱 3분이야 발버둥 치는 일도 허공을 휘젓는 일도 터진 살을 깁기 위한 마취제 같은 걸. 풀리지 않는 몸의 흉터엔 높은 바위 위에서 밀었던 아이의 짓궂음이 배어 있다 왼쪽 중지에 뻗은 흉터를 보면 웃을지, 어긋난 사선을 직립보행으로 방향을 틀어 주는 아이가 궁금하다

흘러내리는 물렁한 모자, 아니 딱딱한 모자로 남겨질까 꾹 눌러쓴 모자 속으로 사라진다 어떤 낮은 목소리에 이끌려 자꾸 작아진다 내일은 장마전선이 한동안 머물거라나 먹

구름 몰고 온 기상캐스터의 입술이 꼬물거려 소리는 없고
독백만 남은 자리, 그 속에 몸을 가두는 일이란 편편한 슬
픔일지도 모른다

새의 거처

　갈맷빛 산의 무릎을 잘라 먹은 콘크리트 벽 사이로 소리가 들려 대못을 박는 소리 쩌엉 하늘을 울려 산과 산 사이 거푸집이 있고 끝없이 치솟는 철탑 위로 흰 새 떼 후드득 날아올랐어 움츠러들던 새, 야고초 닮은 깃털에 표시해 둔 볕이 보이지 않아 하얗게 뿌려지는 입김 위를 가르며 광시증을 앓는 눈꺼풀 위에 앉아 있어 철근 사이 박힌 못을 뚫고 지나는 투명한 이마에 날개 하나 달아 주면 잃었던 감각, 숲으로 들어서는 거야 새 울음 삼킨 유리창 너머 반쯤 그려진 검붉은 산의 미소가 오는 거야 거푸집널로 만든 산사의 목조물이 불타던 몇 장 겹쳐진 해 질 녘, 촛농이 문신처럼 박히던 살을 뚫고 이슬 매단 수만의 보랏빛 실뿌리 모양의 불꽃 거꾸로 치솟다 사라졌어 꺾인 기둥 반쯤 타 버린 토막 위에 앉아 있는 꿈을 꾸었지 팔과 다리를 옭아맨 사슬의 물방울 스며들던 밤의 곡을 들었어 사산한 물고기의 유영을 달아 주던 풍경 소리 아래 서슬 푸른 적재가 타는 걸 보고 있었어 상여 맨 이들의 휘청이는 노래 들리지 않는 재가 되고 싶어 산마루에 흘러내리는 붉은 뼛가루 곳곳에 흩뿌려진 골속을 들어서면 잘라 먹은 허리에 솟은 침엽수로 자라나겠지 갈아 먹힌 혀, 닫힌 수문 터지는 물살 따라 흐를래 결과 결을 파헤치고 벗겨지는 살갗, 독의 거품을 없애는 새의 발톱으로 살아나 단단한 기둥의 뼈가 되는 거야

바람벽

벽은 열리거나 닫힌다
바람이 잦은 날엔 문을 물고 있던
벽이 덜커덩거린다
벽 속으로 끝없이 곤두박던 머리도
밤새 고단한 틈 속을 파고든다
바람이 멈춘 나체의 마른 가지,
고정된 실처럼 뻗는다
연못 위에 덧물처럼 겹이 난 달빛도
벽 속으로 스며들 때면
눈꽃 꿈틀거린다
지나간 자리마다 발자국 찍어 놓은 꽃잎
탁탁 피어날 때
귓불을 때리는 바람이 훈훈한 입 속으로 들어온다
평원을 향해 휘달리는
툰드라의 발굽 소리를 네 발 달린 짐승의 뼈를
들어 올린 바람을
방목하던 흰 벽에서
사슴이 목을 빼고 걸어 나온다
흙으로 빚어진 원시림의 몸체들
햇빛에 말리고 있다
바람은 사슬처럼 웃고
뿔을 씻는다

묵화

　물 위에 수많은 나무 말뚝이 박혀 있다 몸 밖으로 빠져나
간 뼈, 비어 가는 것들이 마른 연꽃 대로 채우고 촘촘하게
그려지는 고요는 스산스럽다 저무는 산그늘 아래, 그림자
수면 위를 가르고 내어 준 자리마다 어둠이 자라난다 목 잘
린 옥수수 단 아래로 미친 환청처럼 헛발길질하던 붓끝을
베엥 돌려 물 위에 흩치면 능선을 따라 흐르던 먹구름이 못
물 위로 쏟아진다 물 위에선 산도 제 그림자를 비출 줄 아는
지, 나르키소스 같다 다문 윗입술 속울음 삼키다 박힌 가시
와 산재해 있는 죽은 건초 더미를 제 혓바닥으로 핥아 떠다
니는 청동오리들의 길을 만들고 출렁인다 눈을 뜨고도 읽히
지 않을 점자 옷을 입은 오리들의 세포는 잿빛 등뼈처럼 건
조하다 등 시린 음표 기둥은 마디마디 경계를 허물고 아랫
입술을 뚫고 파닥이는 풀뿌리로 숨는다 그 많던 넓적한 연
꽃잎 어디로 갔을까 몸 안으로 스며드는 입술 깨무는 탱탱
한 뿌리는 더 깊은 울음을 심어 놓았나 보다 연꽃 축제 열리
던 원관교를 지나 바닥이 드러난 흙길을 돌면 펼쳐진 시간
의 뿌리는 비우고 채워 가는 빛깔 없는 얼굴로 남는다

페달이 멎던 오후에

오래된 피아노 뒤로
대나무 블라인드가 포개져
어둠 속으로 끌고 간다
대나무 속 궁굴던 마디마다
잿빛 손톱자국,
소스라치는 구름을 핥아
습기 찬 내장에 쏟아 넣는다
비틀어진 음 트릴로 떨고
건반 위에 손, 바닥을 긴다
한 음 떼어낸 자리마다
뭉글뭉글 끌어당기는 화음에
더 이상 내려갈 곳이 없다
음의 무게에 짓이겨진 악보는
너덜너덜하다
뱅뱅 물 위를 걷는 소금쟁이처럼
사뿐히 내려앉은 떨음은 닫혀 있다
사과씨 만한 음표 제대로 박혀 있지 못해
아르페지오의 긴 코드에
매달리다 떨어지는 음
새하얀 깃털 위로 닿지 못한,

허공만 가르며 떠 가는 음표들
속속 노을로 번진다
베토벤의 초상화만 우두커니 덮어 버리는 음
슬픈 음계 밭에 촉수를 더듬던 음
아직도 내 몸에선 피아노 소리가 난다

낙타는 어디로 갔을까

콧수염을 기르고 염색한 머리카락 흩날리며
뒷발을 들고 문 앞에 선다

레퀴엠은 귓속에서 떠돌고
수천의 개미 떼들의
햇빛 찢긴 붉은 밤에

노래가 되지 못한 뭉툭한 악보는
허공에 떠돌다
어둠의 철로를 따라 흩어지고 있었다

방향 잃은 발바닥은 소리를 잃고
불편한 눈에서 눈물이 떨어진다

―열차가 곧 도착하겠습니다

절단된 문 앞에서 서성이는 그림자는
시멘트 바닥에 달라붙었다

바람을 가르는 갈기

머리카락 속으로 수천의 말들이 꼬리를 물고 들어간다
말발굽의 행보들 밤을 비집고 불꽃을 터트린다
경주를 하는 말의 꼬리를 붙잡고 채찍과 안장의 행장이
오래 묵은 필치의 위력처럼 무겁던 밤의 말, 말의 향연이다
묵묵히 뒷짐을 지고 먹먹해지는 말 속의 말을 쪼개고
먼지가 될 때까지 지켜보는 말의 눈동자

말의 친구들, 태어난 시간이 같은 말들이 일제히 토해 내는
말의 빛깔은 붉거나 검거나
붓끝으로 휘갈긴 갈기의 터치는 바람보다 더 빠르다
빠른 속도로 달리는 말굽에서
모래와 물의 노래가 흐르고

말말말 말이 말을 걸고 말을 밀고 말을 때린다
엉덩이가 퍼렇게 철썩철썩 파랑이 일고
구릿빛 각도로 빛을 뿌린다

하얗게 일어나는
희딘흰
말의
말

벽화 속 왈츠 2

밤마다 손가락을 움직인 사람은 누구인가 동굴 안에 갇혀 밖으로 소리를 흘린 사람은 누구인가

암각화에 새겨진 음들이 고개를 내민다 악보가 눈에 들어오자 머리털이 쭈뼛해진다 귀를 세워 동굴 안을 들여다보는 순간, 달은 화답했을까 트릴로 떨고 있는 나뭇잎마다 달이 떠오른다 바닥에 머리를 박고 링거 바늘을 꽂으면 실핏줄을 따라 흐르는 음표를 찾아내지 뿔처럼 날을 세워 뭉개질 때까지 두드린다

얼어 버린 입술에 닿은 단조 음을 낸 이는 누구인가

손목이 부러져라 내리친 눈알 속 물고기의 비늘, 벽을 훑고 손등 위로 떨어지는 검은 껍질들. 동굴 벽마다 천 개의 달을 그려 넣는다 맨발, 의문의 형체, 암호. 주소가 없는데 달이 배달된다 보라 무늬의 폭죽, 어깨를 긁는 박쥐의 춤이다 빛으로 가득 찬 무희다 여든여덟 계단을 오르내리는 긴 손가락이 있고 손목이 있고 착한 울음이 있다

수천 년 비어 있던 동굴에 소녀가 왔다

>

　그림 속의 무희, 벽화 속의 악보, 동굴 속의 리듬, 리듬
에 맞춰 발톱으로 구멍을 판다 손가락을 뒤집어 빠른 속도
로 줄을 긋고 참새처럼 쨱쨱거린다 동굴엔 소의 피가 흘러,
방 속의 방을 걸어 잠그고 오늘도 벽화를 그린다 피는 색이
생기기 이전에도 붉었다

해 설

부정의 상상력을 읽는 밤

조동범(시인)

1. 부정의 상상력과 병

병은 오래도록 문학의 중요한 소재로 다루어졌다. 그것은 병이 지니고 있는, 고통과 비극이라는 실재가 문학이 지향하는 세계와 맞닿아 있기 때문이다. 또한 죽음을 주요 주제와 소재로 다루는 문학의 특성과도 깊은 연관을 맺는다. 병과 죽음이 지니고 있는 비극성! 문학은 비극성을 통해 세계의 진실과 실체에 접근하려는 언어이다. 때문에 문학은 긍정이 아닌 부정의 상상력을 통해 자신의 모습을 드러내기 마련이다. 이것은 시의 경우도 마찬가지인데, 시적 세계가 응시하는 부정의 상상력은 다른 장르보다 깊고 선연하기까지 하다.

이혜숙 시인에게 병은 중요한 시적 장치일 뿐만 아니라 시인의 시적 인식이 가닿고자 하는 세계이다. 그것은 단순히 소재 차원에서 이루어지는 시적 지향을 넘어 부정의 상상력을 추동하는 강력한 동인으로 작동한다. 그는 시집 전반에 걸쳐 끊임없이 부정의 세계를 드러내며 자신의 시적 지향을 공고히 한다. 한편으로 이혜숙 시인의 작품에는 낭만성이 깃들어 있기도 하다. 부정의 상상력과 낭만성이라는 양가적 세계는 이어질 수 없는 듯 대립하기도 하지만 우리 문학이 그동안 다루어 온 병의 양상을 떠올려 볼 때, 긴밀한 관계 속에 놓인 것임을 알 수 있다.

문학에서 병은 동·서양을 막론하고 낭만적 세계로 다루어지기도 했다. 고통과 비극이라는 기본적인 속성에도 불구하고 문학적 낭만을 증폭하는 장치로 사용되었다. 낭만주의를 대표하는 작가 노발리스는 "병이란 삶의 예술 그리고 정서 형성의 견습생"*이라고 했다. 그만큼 병과 문학적 감수성은 긴밀한 관계로 이해되고는 한다. 우리나라 문학작품의 경우에도 병은 작품의 정서를 이끄는 장치로 많이 사용되었다. "병은 시대와 문화에 따라 그 양상을 달리"** 하는데, "이는 단순히 생물학적 요소만이 아니라 어떤 사회

---

* Novalis, Fragmente und Studien 1799–1800, hrsg. von G. Schulz, C.H. Beck, 1981, S. 562.; 이영남, 「병과 문학—문학의 관점에서 본 병의 긍정성」, 『세계문학비교연구』 제49집, 세계문학비교학회, 2014, 147쪽 재인용.

** 위의 논문, 156쪽.

학적 기호로서도 작용"***하기 때문이다.

불운의 사인, 나는 너를 해독해야 한다

폐허의 방에서 죽은 자를 불러낸다

해골 앞에서 아버지를 죽인 자를 불러내는 햄릿의 주

문처럼

닉 부이치치의 몸을 불러내고

병사의 다리를 불러내고

도려낸 피투성이의 가슴을 불러내고

배 속 아기의 눈을 읽지 못한 어미의 눈알을 불러내고

벌떡 일어나 거울을 본다

실핏줄 따라 깨진 거울은 어느 곳에서도

입증되지 않을 감옥이다

갇혀 있는 혀를 묶으면

짧아지는 생의 그림자를 어둠으로 벗겨 낼 수 있을까

몸을 이길 수 있는 건

보이지 않는 목소리를 순간순간 기억하는 일이다

몸을 뒤집으면 각에 찔린다

거꾸로 뒤집힌 눈알이 하얗도록 날아 박히는 한 평의 슬픔,

*** 위의 논문, 같은 쪽.

씨실과 날실의 골속을 파헤치는 빗장 채워진 겨울날의 환청

나를 기록하고 껍질을 벗긴다

막이 내리면 너는 나를 번역할 것이다

—「몸」 전문

　시인에게 몸은 상처와 병이 현현하는 불구의 세계이다. 그것은 사지 없이 태어난 오스트레일리아의 목사 "닉 부이치치의 몸"이나 "병사의 다리", "도려낸 피투성이의 가슴"처럼 복원되기 힘든 불구의 지점이다. 이혜숙 시인이 호명하는 병의 세계는 이처럼 회복하기 힘든 상처와 비극을 전제로 펼쳐진다. 그에게 몸은 삶을 온전히 드러내는 존재이며 본질이다. 그의 시에 나타나는 낭만적 태도 역시 몸에 대한 시적 인식과 마찬가지로 비극을 전제로 한다. 그런 점에서 이혜숙 시의 낭만성을 일반적 낭만성으로 이해해서는 안 된다. 이혜숙 시인의 세계는 폐허로서의 병과 고독 그리고 상처와 비극이라는 점에서 다른 의미의 층위를 갖기 때문이다.

2. 병의 시학과 죽음

　여기 온몸이 굳어 가는 한 사람이 있다. 그는 "눈으로 글을" 쓰고 "모니터 속에 그림"도 눈으로 그린다. 그가 눈을

깜박이면 하나의 세상이 만들어진다. "나뭇가지에 비가 내"리고 "나뭇가지에 걸린 달이 창을 들여다"보기도 한다. 그는 지금 힘겹게 눈으로 그림을 그리고 있지만 그의 눈을 따라 만들어지는 건 우리가 경험할 수 있는 세계의 모든 것들이다. 하지만 그런 의지에도 불구하고 병은 그의 삶을 잠식하며 서서히 몰려온다. "눈꺼풀은 무겁"고 겨우 "입술을 달싹거릴" 뿐이다. 눈앞에 펼쳐지는 그림은 아름다울 테지만 "지평선의 이마를 짚는 눈망울엔/ 핏빛이 서린다". 그런 점에서 기본적으로 병은 그의 시에서 비극적인 기제로 작동한다.

눈으로 글을 쓴다

눈으로 모니터 속에 그림을 그린다

눈을 깜빡이자 나뭇가지에 비가 내린다

나뭇가지에 걸린 달이 창을 들여다본다

동공에 세상이 만들어진다

마른 사내가 기침을 한다

속눈썹을 접었다 펴는 동안

어둠이 얇아진다

눈꺼풀은 무겁게 열리고

입술을 달싹거릴 때마다 깜박인다

점 하나 사라질 때

지평선의 이마를 짚는 눈망울엔

핏빛이 서린다

벽을 오르는 일은

돌에 발자국을 새기는 일이지만

몸은 천천히 굳어 가고

모니터에 갇힌 눈동자에는 의지만 남는다

—「루게릭」 전문

「루게릭」은 시인이 인식하는 병의 실체를 상징적으로 보여 주는 작품이다. 서서히 몸이 굳어 가는 것처럼 병은 우리의 삶을 옥죄며 다가온다. 그런 점에서 병은 거부할 수 없는 절망이며 삶과 평행선을 이루며 동행하는 존재일지도 모른다. 병은 특별한 사건이나 불운이라기보다 누구나 맞닥뜨릴 수 있는 평범한 삶의 페이지이기도 하다. 시인이 「루게릭」 속 정황을 담담하게 바라보는 것은 그런 이유에서이다. 삶의 연장선상에 놓인 병이기에 그것의 상처와 비극 속에서도 절규하지 않는다. 그렇다고 해서 시인이 병을 가볍게 인식하는 것은 아니다. 다만 시인은 절제된 음성으로 병이라는 비극을 읊조릴 뿐이다.

사월과 유월 사이

재배한 꽃을 꺾어 제를 지냈어

가묘假墓 앞에서

죽은 엄마를 부르고

사산한 아기를 부르고

따끈한 표지를 태우고

추모곡을 부르지

—「풀꽃」 부분

그에게 병은 죽음을 연상하는 것일지도 모른다. 병이 죽음을 필연적으로 불러오는 것은 아니지만 병을 통해 죽음을 떠올리는 것은 일견 자연스럽기도 하다. 하지만 병으로부터 비롯된 부정의 상상력 뒤에 따라오는 죽음은 섬뜩하다. "가묘假墓 앞에서/ 죽은 엄마를 부르"는 모습과 "사산한 아기를 부르"는 모습은 비극의 한 극단을 보여 주는 것만 같다. 시인은 죽음을 통해 삶을 완성하려는 것처럼 비극적 감각을 끝까지 밀어붙인다. 그럼으로써 이혜숙 시인이 바라본 병과 죽음은 돌이킬 수 없는, 잊히지 않는 고통을 우리의 의식에 부려 놓는다. 잊을 수 없는 고통과 비극. 한 권의 시집은 이러한 고통과 비극을 통해 우리 삶의 진짜 모습을 보여 주려고 한다.

3. 수사적 아름다움의 진실에 대하여

문학작품은 종종 비극을 낭만적 시선으로 바라보기도 한다. 그렇다면 대척점에 있는 두 개의 감정이 결합하여 만들어지는 결과물은 과연 비극인가 낭만인가. 아마도 시인이 강조하고자 했던 감정은 비극일 것이다. 그런데 때때로 비극보다 낭만성이 두드러지게 부각되는 경우가 있다. 그 이

유는 비극적 세계가 의미로 내장되어 숨는 반면 형식화되어 겉으로 드러난 낭만성이 강조되는 경우가 많기 때문이다. 작품에 표면화되어 부각된 낭만성으로 인해 비극의 낭만화라는 오해를 받는 것이다. 병증을 비롯한 비극을 낭만적 수사로 형상화한다는 오해는 수사적 아름다움에 대한 선입견 때문인 경우가 많다.

수사의 아름다움은 비극을 객관화시킴으로써 시적 거리를 만드는 효과가 있다. 이성복 시인이나 기형도 시인의 작품도 그런 경우다. 비극으로 점철된 이들의 작품은 수사의 아름다움을 통해 비극이 중화된다. 하지만 이것을 의미 없는 아름다움이나 낭만적 포즈로 치부하지 않는다. 작품 속 비극적 세계가 무화되지도 않는다. 오히려 비극을 객관적으로 파악하게 함으로써 비극의 실체를 보다 선명하게 감각할 수 있도록 한다. 뿐만 아니라 독자들에게 시적 감각과 감수성을 섬세하게 전달하는 효과를 주기도 한다.

이혜숙 시인은 비극을 첨예하게 전개하는 가운데 수사적 아름다움을 시의 전면에 내세운다. 그의 시어가 드러내는 아름다움은 다채로운 양상으로 나타나는데, 그것은 언제나 비극적 세계와 한 몸이 되어 시적 진실에 가까이 다가서고자 한다. 그리하여 비극은 객관적 울림을 만들어 내고 깊은 상흔이 되어 읽는 이의 마음에 오래도록 남는다.

뼛속에 쇠붙이 하나 심어 놓은 당신은 닳아 버린 뼈 밀어내도 뚫고 오르는 생을 읽는다 마른 잎 파닥이며 떨어지는 통증을 말하지 않는 당신, 아침이면 매끄러운 유영을 꿈꾸기도 한다 때론 튕겨 나가는 잎을 잡아당기는 힘은 몸속에 박힌 쇠뼈 때문일까 땡볕 쏟아져도 얼굴을 가리고 손바닥 찍기를 한다

출렁이는 바다와 하늘 사이 솟은 손바닥처럼

목구멍을 뚫고 바닥을 치며 견딘다 벗겨지고 문드러진 지문에도 실뿌리 엉킨 수풀을 헤치며 어둠 속을 걸어간다 오랜 시간을 공글리고 있던 손을 펴면 잎맥과 잎맥 사이에 물이 흐른다

작은 새들 날개 펴고 있으니,
옭아매던 손가락을 펴고 탱탱한 체관이 되셔요

겨드랑이에서 날개 펴듯 살아 오르는 거예요

살아 있다는 건,
햇빛을 볼 수 있다는 거잖아요

　　　　　　　　　　　　　　　　　　　　—「넝쿨손」 부분

생을 읽는 당신의 이야기가 여기 펼쳐진다. 당신은 "아침이면 매끄러운 유영을 꿈"꾸고 "오랜 시간을 공글리고 있

던 손을 펴면 잎맥과 잎맥 사이에 물이 흐"르기도 한다. 시속 자연은 아름답고 시적 화자는 그런 가운데 예민한 감각을 포착한다. 아름다운 문장과 정서가 돋보이는 대목이다. 그런데 이런 아름다움은 이내 비극적 정서와 결합하며 깊은 상흔의 자리로 우리를 인도한다. 이 시의 당신은 결코 아름답기만 한 곳에 놓인 사람이 아니다. 그는 "마른 잎 파닥이며 떨어지는 통증을 말하지" 않지만 극한의 통점을 견디는 이다. 그의 몸속에는 쇠 뼈가 박혀 있으며 "목구멍을 뚫고 바닥을 치며" 고통의 날들을 견디고 또 견딘다. 이런 고통 속에 "살아 있다는 건, / 햇빛을 볼 수 있다는 거"라는 희망을 말하기도 하지만 여기서 느껴지는 건 오히려 처연함에 대한 그 어떤 결의다.

렌즈 속으로 두개골이 보인다 1.5의 눈이 파이고 울퉁불퉁한 코가 보이지 않아 굳은 혀, 입술을 벌린다 버려진 자음을 씻어 목뼈 안으로 밀어 넣고 지문 인식기에 엄지 손가락을 댄다

두개골 중심에 날개가 파닥거린다 또는 날개 중심에 두개골이 팔딱거린다 발가락부터 두개골까지 날개를 접었다 펴는 동안 균형을 잃는다 햇빛도 바람도 없이 팔랑팔랑 생체리듬을 타고 나타날 때 또는 바스락거리는 날갯짓에 소멸될 때, 나비에게 풍각風角을 달아 주거나 환기통 속으로 사라지거나,

―나비의 **뼈**를 찾아야 해

　　―애벌레들의 무덤 위에도 어디에도 없어

　　나비 속의 나비, 계단 속의 계단에는 날개가 접혀 있다
반쪽 더듬이로 방향을 찾는다 문 앞에 오래 쭈그리고 앉아
있지 마 시간의 혀는 문을 헐어 버리기도, 너덜거리는 손가
락을 먹어 버리기도 하지 온통 불룩해진 나비 무늬 문, 얼
룩진 문틈 사이로 먼지가 빠져나가고 목울대에 갇힌 지문
이 삐걱거린다

―「나비 유령」 전문

　　우리가 알고 있는 세계 속에 또 다른 세계가 있을 수 있
다. 그리고 새롭게 발견한 세계가 그것의 진짜 모습일 수 있
다. 이때 우리가 보아 온 것들은 어느새 허상 속으로 사라지
고 만다. 「나비 유령」 속 나비는 실재인가 허상인가? 우리가
진실이라고 믿었던 것들의 진짜 모습은 과연 무엇인가? "두
개골 중심에 날개가 파닥"거리거나 "날개 중심에 두개골이
팔딱"거리는 것은 거짓이 아닐지도 모른다. 시인은 진실이
혼재된 세계 속에서 숨어 있는 진실을 찾고자 한다. 물론 그
것은 쉽지 않은 일이지만 허상마저 진실의 일부분일 수 있
음을 시인은 알고 있다. 그리하여 그는 "나비의 **뼈**를 찾아
야" 한다고 호소한다. 이것은 병과 죽음이 삶과 분리된 것
이 아니라는 시인의 사유와 맥락을 같이하는 것이다. 그런
점에서 세계를 바라보는 시인의 인식은 부정의 상상력 속에

놓인 긍정의 깨달음과 같다.

4. 끊어질 수 없는 두 세계

끊어질 수 없는 두 세계가 있다. 하나의 삶은 언제나 또 다른 삶과 연결되어 있다. 그것은 삶과 죽음으로 나뉠 수 없는 세계이다. 병을 통해 삶과 죽음을 떠올리는 경우가 많지만 죽음도 삶의 일부라는 점에서 그 둘은 다르지 않다. 삶과 죽음은 언제나 하나의 영역 안에 있는 것이고 끝없이 이어진 세계이다. 이혜숙 시인이 병과 죽음, 상처와 고통을 끌어안고자 한 것 역시 그러하다. 시인은 삶과 다르지 않은 죽음이나 죽음과 다르지 않은 삶을 응시하며 삶의 진짜 모습을 탐문하고자 한다. 삶과 죽음을 다르지 않은 것이라고 인식하는 시인의 시선은 삶에 대한 애정이자 죽음을 자연스럽게 받아들이는 태도이다.

> 겨울 계단에서 태어났어요
> 우린 아름다운 물고기 꼬리와 수정한 유전자였나요
> 형은 지느러미를 먹고 자궁 속을 빠져나왔어요
>
> 형은 미래에 죽은 나였고
> 나는 과거에 살던 나비였나요

별 나비, 나비 별 어느 생이

절룩이며 날아갈 수는 있을까요

죽는 날과 태어난 날이 같았던

여름을 기억해요

바다에 떠 있는 수많은 별빛들

그 별 위에서 잠들래요

긴 잠 속으로

오늘을 살다 간 내일

흰눈 쌓이면

그때 흰 눈을 떠요

샴쌍둥이로 태어난 우린 하나가 될 수 있나요

—「카스토르와 폴룩스」 전문

  카스토르와 폴룩스는 그리스 신화에 나오는 인물로 쌍둥
이 형제. 카스토르가 창에 찔려 죽자 폴룩스는 형의 원수
를 갚고 자신도 따라 죽고자 한다. 불사의 존재이기에 죽을
수 없었지만 제우스에게 간청하여 죽음에 이른다. 이후 이
들은 쌍둥이자리로 하늘의 별이 된다. 삶과 죽음은 결국 이
러한 모습이리라. 시인은 병과 죽음 역시 '카스토르와 폴룩
스' 신화처럼 삶과 하나가 된 세계라고 말한다. 이것이야말
로 삶의 실체이며 죽음의 진실이라고 우리에게 호소한다.

그런 점에서 「카스토르와 폴룩스」는 의미심장하다. 삶은 무엇이고 죽음은 어디에 있는가? 그 누구도 정답을 알 순 없지만, 시인은 삶과 죽음이 다르지 않다는 점을 애달픈 마음으로 우리에게 이야기하고자 한다.